琴声何来

作者 赵继伟

南方出版社

图书在版编目（CIP）数据

琴声何来 / 赵继伟著 . -- 海口：南方出版社，
2025. 4. -- ISBN 978-7-5501-9737-4

Ⅰ . I227

中国国家版本馆 CIP 数据核字第 20250ZQ508 号

琴声何来

QINSHENG HELAI

作　　者	赵继伟
策　　划	泥流文化传媒
责任编辑	李　雯
版式设计	建明文化
出版发行	南方出版社
邮政编码	570208
社　　址	海南省海口市和平大道 70 号
电　　话	（0898）66160822
传　　真	（0898）66160830
印　　刷	三河市华东印刷有限公司
开　　本	889mm×1194mm　1/32
印　　张	8.75
字　　数	142 千字
版　　次	2025 年 4 月第 1 版
印　　次	2025 年 4 月第 1 次印刷
书　　号	ISBN 978-7-5501-9737-4
定　　价	55.00 元

告 读 者：如发现本书印装质量问题请与印刷厂质量科联系　T：010-85717689

目录

鸟巢

我经过的时候，它是空的

可我也能感受到一种温暖和力量

的确，在冬天，它和许多事物一起

虚空着我的内心

它也和许多事物一道

坚定地站立在我的身旁

我突然想起本雅明的拱廊街计划

想着巴黎的街头

此刻还有无数个

积蓄寓言的景观

我也断定

那些现代都市神话

都已破灭

那些街头的闲逛者

也在日常中，继续平庸着

眼前的这个鸟巢

为神话的破灭和日常的平庸

加了一把火

你虚拟的冬天不是我的冬天

给午夜给予一场大雪

给月亮配上一杯温酒

这个冬天，那么多影影绰绰

从寒冷里打捞自己

不是从冬天才开始的抒情

自然也就不会在冬天打滑

冬天里，还有那么多空旷，供你挥霍

供我挥霍春天

不是所有雪地都适合站立

不是所有词语都值得收容

有些荒凉

其实从未从体内经过

有些冬天，其实从未

皈依过我们

将有雪

将有雪聆听我的抒情
将有雪覆盖昨夜的忧伤
这已经构成非常充足的理由
我们置身其中
将这场景
用来继续抒情

其实文字过滤不了
任何得失是非。虚妄依旧被虚妄掩盖着
你看，铁马冰河都已驶过
二月的风，带着犀利的冰冷

生与死都是一场雪的场景
生与死又如何
梦或不梦又如何
少年的琴声被折断，又会如何

将有雪。明天我会坐在门槛上

手握一片雪花

用来置换，来年老家麦地里

清脆的鸟鸣

一只哑钟

不再拖着时间走，已经很久了

流水依旧不腐，黑暗依旧

一点点揶揄光明

一只哑钟，在某个角落

用静止反照运动

用沉默反证喧嚣

它的躯体

被时间，一点点剥离成

白色，灰色，铜色，橘色，或者其他更多种颜色

直至每一种颜色

都开始回归

或者不屑于暗淡无光

每次我走近它

每次我都看见它

如何在人间的悲欢离合里

交付着自己的重量

太阳多么无辜，月亮也是

赶着羊群回家的人们
也赶着太阳和月亮
也赶着在山涧里停停走走，又走走停停的
旷野和风

牧羊人不会去想
太阳和月亮如何一道
收留一个无辜的路人
风声越来越大
牧羊人裹紧了身上的衣裳

这样一来，在冬天，我们可以用羊群
驱赶太阳
也可以用羊群，对着月亮
嘘寒问暖

寂静之物

冬天适合著书立传
给山河，给睡着的誓言，给火一样
寂寥的夜晚

虚拟和真实以同样的姿态
为寂静辩护着。中年以后
寂静之物成为日常，成为庸常

不用为时间祭奠。流逝的未曾忘记
忘记的不曾离开
寂静之物。孤单之处
眼睛所能到达的地方

皆为时间，一一作序

梧桐树上的最后一片叶子

梧桐树上的最后一片叶子

终于掉下来了

它曾经的同伴，早已不知去向

横卧在马路中央

偶尔会跟着风一起，翩翩起舞

偶尔也会想念夏天

一片叶子，和无数片叶子一样

看高楼林立的大厦

把人间的孤单，一点点包围

看怀揣不同心事的男人和女人

看相同悲欢或不同交集的河流

横穿时间

最后一片叶子

带着镀金的光亮

落在地上的那个瞬间

它再一次，深度拥抱了孤单

我的冬天

坐拥冬天就开始好比坐拥天下
这样的力量让我学会遗忘，学会聆听

一片雪花对另一片雪花的凝望
这情景值得我腾出所有的时间，叩问苍穹，直面灵魂

文字里依旧有火的气势
我把拥抱冬天的理由全部寄给你

你走了这么远的路
让冬天再度成为一个

硬度与厚度都超标的心愿
忽而看到冬天里的你。这就对了

桥

静止与运动的辩证法

构成一座桥的灵魂

桥下有人在走，桥上有风吹过

他们相互映衬着

中年以后，每当从桥上走过

每当有黄昏被歌颂被赞美

我都会心生悲伤

或者怜悯

有一天，当我立志要追寻真理

桥下的流水潺潺

我心头上的你

我仰望着的你

新年献词

献给我热爱的土地，那几十年如一日的汗水
献给我奔忙的日子，那始终温暖有光的记忆

按照既有的美学定律，按照风吹过的温柔痕迹
按照河水流过的声响，按照我凝望你的眼神

献给故乡的荒野，献给新生的生命
献给沉静的河流，献给奔腾的大海

献给过往的和将来的。献给将来的和将要来的

落在光里的事物

这是最有快感的高光时刻
落在光里的事情，从未有过疼痛之感

也从未想过别离
用光抒发内心的热烈，即使你看到了毫无波澜

即使不用语言
即使深陷其中。光的倒影也值得期盼

我想给你的温度
一束光已经足够

只有时间知道

鱼终于沉了下去，雁终于落了下来
只有时间，能够描绘出此时的美
只有时间知道，在最恰当的位置
将月亮甩出夜晚的决绝
有多决绝

一个人用尽一生倾听石头的歌唱
才是真正的绝唱
他静坐时，风声会长久逗留
这时，请不要与他对峙
或者打赌
时间的质地与柔软

咖啡馆

一杯咖啡吞噬一片夜色
这样的场景让另一个人
捕捉住了自己

窗边的琴声，是献给那些
用孤独来拥抱酣畅淋漓大雨的人
用安静去宽慰夜色暗涌的人

送咖啡的服务生
来去脚步轻轻。他也许知道
有一杯咖啡，正在一个人的琴声里
升腾不已
他也许看见了自己的倒影
有多轻盈

麦田

用青色反衬金黄，再用金黄吞噬嫩绿
一垄麦田
藏匿着我一生的欢喜和绝望

顺着一线阳光看
总能看到麦苗的摇摆
在冬天，没有任何悲伤可以拿来摧毁一线阳光

在麦田里，你守望的柔软是真的柔软
你陪护的生命是真正鲜活的生命
你的旅途，将被缩短，再被拉长

谁在等黄昏，冲破一则童话

一个人走上山坡，疏影就开始横斜

黄昏是不是开始走向童话

灯盏是不是开始拥抱孤独

暗香浮动的故事太过漂泊

只有把月亮上的雪，抖落几回

才算是配得上童话的背影

接下来就是坚守和等待

童话的窗户，能敞开多大弧度就敞开多大弧度

云端之上的廊桥，能有多迷离就多迷离

最后你还望了望水的清浅

最后的黄昏，也瘦得只剩下了

童话所向往的那个厚度

小寒

流水依旧清澈，山顶在我的遥望里

透着青色的暖意

世俗被一场雪映照着

把冬天当作与你辞别的缘由

这已是多年前的旧事了

我没有追问归期，也没有听到一粒尘世的风响

寒冷还是有的

起身关上门窗

这一刻，我与一万个冬天，做着告别

蜡梅

被折断后贩卖

最鲜艳的部分，在沿街叫卖声中

散发着最浓郁的香

没有一种真理可以消解它的香味

没有一个路人懂得

有一种香，贩卖了被他遗弃的人间

冬天普照的每一个地方

蜡梅全部接纳

而蜡梅散播的真理，路人也可以抵达

大寒

看流水不腐的样子
须是要敞开内心的热烈
即使冬天缓缓到了尽头

时光的瘦，渐渐揶揄成手指缝里的动词
我渴望的流年
从来都无须太多的车马和人群来渲染

只够一个人承载的春天
根本背负不了诗词里的一句诺言
于是，日子就被深度蹉跎，影影绰绰走到了大寒

长亭之外

若为爱写意，就会看到冬日的长亭，比往日
又拉长了几分。雁门关仍在日暮里
守着边塞和夕阳

孤单的依旧是落叶纷飞的长亭，站立的码头
以及丛生的山峦
长亭之外，雁群聚了又散，散了又聚

长亭之外
那个在心里一万次拒绝离别的人
正骑着战马，凛然中飞奔
披着渭城的朝雨

对酒当歌，对酒当歌
长亭之外的雁门关
凝望着塞上的胭脂
羊群打门外经过

西河潇潇啊，西河潇潇

剑

连配饰都没有。傲然而立的孤独
是指向纯粹的疯狂
还是想要抑制半生的欲望

一个雷电交加的夜晚。你不再惊诧于
任何惊涛骇浪
你甚至忘记了人群边缘的悬崖
一匹马的背影

一把剑，在闪电之上
划过了孤独，最为直观的模样

时间

你不会让我的文字落空

这样的设想横亘在时间里

已有多时。谁姑且走远，谁愿意留下

时间都顺从了他们

秋天依旧往最深的地方走去

你披着霞光，叫出我的乳名

天真的柳枝，天真的飘荡

这盛开在大地上的这么多个语词啊

消瘦得，挤不出一滴水来

久居山中

除了空气、空荡和空白

我拿不出任何其他

可以向你炫耀的东西

我想向你炫耀

山中有王，有王的心愿，有连绵的细雨

还有脱口而出的半个句子

随时可以触手可及

直到有人闯入。直到有阳光

惊扰到一片久卧在地上的落叶

让久居山中的我

怀抱着半生的骄傲，走向质朴的大地

十月，有鸟鸣从体内穿过

归因于一地鸟鸣就已足矣

中年以后的风尘，又细又密

鸟儿也有倦怠的时候

我允许它，从我的体内穿过

我允许自己，向它的鸣叫

致以深深的歉意

火

周围都是冷漠，索取和欲望

周围被围得水泄不通

烧完一生

却看不到一丝灰烬

没有人的深邃如你

我终于还是见到了，圆满之外

还有人

形影单只，如去年

一位旅人，祭奠给我的一块冰

桂花赋

献词成为命令
馥郁的香气便整整齐齐
十月里，我用桂花酿成的酒
发送身体和灵魂

当十指紧扣被人羡慕
当月色渐渐接近树梢
桂花，便只用自己的香
回馈肥沃的人间

四点四十分

除了向日葵，门前的小溪，庭院的悠长
任何摇晃，都与时间无关

"所有的抒情都与奔赴的河流无关"

四点四十分，我站立在你的窗前
把停留的时间
挥霍在溪水的中央

而溪水无罪

带水的回忆

江南喜欢绵延

我的回忆如是。去年那位吹笛子的姑娘

距离寺院又远了几分吗？

她想躲避什么

我就愿意，为多水的江南，奉献什么

八月的云

看到辽阔，我就会想到挽留和救赎

八月有云

这并不是奢侈的事情

值得炫耀的事情已经太多了

人群已走过戏台

形影单只的还有台下的几条小溪

八月的云

没有固定的形状

但可以供我们，任意挥霍，任意叙事

穿山甲

除了人类，没有天敌
除了归乡，没有印迹

一身的防御，用来攻击自己
一生的盔甲，用来防御自己

独山

八百里伏牛

荡出一座山脉

最为丰富的想象

你尽可以说出它的命脉和魂魄

你尽可以在时光里静坐

你尽可以忘却

山里山外

层林尽染的模样

只是，故事里被反复书写的人

正在道教与佛教的包容里

迎着玄庙观的灯光

缓缓走向，家的方向

梨花带雨

带雨的梨花也带着忧伤
这应该是她们，最为平庸的日常

不只是春天易逝啊。哪一天，哪一树梨花
不是被时间追赶而成的落英的坟茔？

我想用带雨的梨花做成一把伞
心上所念的人，再也不会走散

蒲公英

苏醒后的第一件事情
就是与春天握手言和
将去年过早到来的秋风秋雨秋月统统遗忘
多少年来，飘浮在尘世各个角落的游子们
也明白了四海为家的规训

有时也会对着月亮出神
直到伤感开始对着伤感出神
有时也会在铺满露珠的路口，感喟世事无常
但从未有一个生命
背离过飘零，飘浮和飘散
也没有一个生命
不臣服于与自己同根同源的兄弟姐妹

用尽一生，赴下一场秋风秋雨秋月
用尽一个铺满露珠的路口
也不愿了断此生

遗忘的春天

柳枝还在河对岸摇摆

海棠含苞未放

这个春天

还有多少人

正在去往远方的路上

还有多少悬而未决的期待

在昨夜的一场雪里

遗忘了自己

那些年，我们惯于表达的爱恨

大多已没了影踪

那些年放在心上的人

是不是还在一场雪里

守护着春天

浮桥上的月色

没有人影晃动。月色用浅薄，衬托着
形影单只的浮桥

浮生寂寥，浮生寂寥，浮生若梦
一弯月亮，把晃动着的人间

一股脑儿，统统抛出

菜花谣

菜花是被人称为菜花的

其实它有着自己的学名

春天还没有正式到来

它就卖弄着各种身姿

在自己的领地称王称霸，招蜂引蝶

蜜蜂飞来的时候

它已经做过几场美梦了

土地藏着的所有欢喜

又毫无保留地向它坦露

为一树梨花再唱上一曲

海棠气势汹汹地冒出了第一朵

看来，在春天，被命运之神宠幸的野花

果然遍地都是

小雪与石头

小小的雪，却也足以撼动冬天
好多个神经
一块石头被小雪覆盖
又被增添了几许寒冷

石头无言。雪还是浅浅的一层
河水似乎未被搁浅
在月色的浮动里，围绕着石头
诉说个不停

小雪堆起来的雪人
在石头的佑护下
抵挡着整个春天
递过来的气势

一根木桩

雪落在上面，木桩腐烂的部分被覆盖
一个伤口似乎被愈合
树皮脱落的部分
也已背离了树干，跟随着风
载歌载舞

"看不见的忧伤不是忧伤"
"送走的疼痛已不再疼痛"

伟大的雪啊，虚掩的梦
偌大的虚无啊，无辜的雪

行走河南（组诗）

之一：红旗渠

在太行山东麓，在豫晋冀交界处

阳光灿烂，绿意正浓

"人工天河"已蜚声海内外

一种精神内涵

在太行山腰

在红旗飘扬的里里外外

渗出水来。在红旗渠，你看到的水

几乎都是从干涸里

突围出来的

是从盼水祈水的愿望里

冒出来的

是不服输，不认命，敢于战天斗地的气概

让常年干旱少雨的穷山区

华丽蜕变。一条玉带绕太行

一条水渠惊天动地

它是生命渠，也是生态渠

它是幸福渠，也是幸运渠

流水汤汤，林州大地的子孙后代

被深度滋养

一渠贯群山

精神永相传

在红旗渠，你看到的红旗不仅是一面旗帜

更是一种精神，一种情感，一种信念

一种忠诚

之二：殷墟遗址

迄今为止，没有人能够计算清楚

这里到底蕴藏着多少宝物

没有人能够表述确切

商代的青铜文化以及中国的文明

到底有多灿烂

玉石的雕刻，马驾的车子

刻文的白陶，原始的瓷器

甲骨的占卜

青铜器乐得跳出去……

"中原文化殷创始，观此胜于读古书"

在这里，你可以轻声呼唤

汉字语言的故乡

也可以一眼就能看到

商朝晚期的都城遗址

在岁月的风尘里

透着如此耀眼的光芒

之三：中国文字博物馆

披一身殷商宫廷风韵

融一部现代与后现代建筑风格

中国文字博物馆里

安静的甲骨文和金文，简牍和帛书

会为你，将中国汉字的历史

中国文字的历史

中国书法的历史

少数民族文字的历史

娓娓道来。一字千年啊

汉文字的魅力，中国文明的精华

东方古国悠久的历史

古老中华文化的传承

也够你

说上千年

之四：开封博物馆

五万件珍贵藏品

可不可以，将古都开封的繁华一一道尽

我无法确定。一走进开封博物馆

汴梁的繁荣

犹如昨夜醒不来的旧梦

在一件精致的石刻上

我可以确定，我已经捕捉到了

八朝古都的千载京华和千年印记

北宋的东京城，梦华迢迢

一口宋韵瓷碗

天青色和玫瑰色交相辉映

衬托出厚重的文化底蕴

和清丽婉转的历史旧事

"天青色等烟雨

而我在等你"

之五：焦裕禄纪念馆

桐花如期绽放，看哪，当年你亲手种下的泡桐树

如今长势正旺

梦里张庄不在梦里

"四面红旗"一次次叫响兰考

心系百姓，根治"三害"

战天斗地的革命热情

在馆内久久回荡

焦裕禄，一个响亮的名字

县委书记的好榜样

人民的好公仆

全党的模范……

你忍着病痛的折磨

以钢铁般的意志

亲民爱民，朴实无华

艰苦奋斗，迎难而上

无私奉献，开拓进取

以身作则，率先垂范

你用拳拳赤诚之言

你用艰苦卓绝的一生

诠释了全心全意为人民服务的分量

你与历史同在，与现实同在

你与岁月同在，与人民同在

你平凡又伟大

鞠躬尽瘁，死而后已

你用身躯和永恒

谱写着一曲，共产党员光辉灿烂的楷模

之六：郭亮村挂壁公路

豫北平原的太行深处

万仙山险峻的峭壁上

一条靠人工开凿的挂壁公路

一条使天堑变为通途的绝美天路

一条被誉为"世界第九大奇迹"的绝壁长廊

镶嵌在海拔一千二百多米的悬崖上

一个充满神秘色彩的崖上人家

将古老的历史和独特的地理风貌

——展现

壁画和石雕艺术

在穿越山体的隧道里

栩栩如生。南太行的雄奇与秀美，如诗如画

奇绝的水景

让人叹为观止

古有愚公移山，今有凿山开路

"铜钎凿赤岩，铁锤破石壁"

在郭亮村

你尽可以看到，大自然的鬼斧神工

人与自然的和谐共生

你尽可以想象

命运的屏障

与人间奇迹的距离

究竟有多长

之七：扁担精神纪念馆

林州太行山中脉的大峡谷

一个原本名不见经传的小镇

群山环绕，交通不便

一根扁担，"挑"起了一个供销社

一副铁肩膀

挑起了太行山子民

连接城乡的重担

一双铁脚板翻山越岭，走村串户

艰苦奋斗，勤俭办社

一心为民，无私奉献

面对群山万壑，悬崖峭壁

他们喊出了"十不怕"的铮铮誓言

"爬山虎""飞毛腿""铁脚板"

让一根过时的扁担

承载的信念和意志永不过时

让"一根扁担挑家业，两个肩膀担真情"的扁担精神

书写了一曲动人的太行山魂

之八：兰考东坝头黄河湾

"九曲黄河十八弯，到此黄河最后一弯"

滔滔黄河，正以波澜壮阔的气势

奔流不息的气魄

汇万涓之水的气概

抒写着波澜壮阔的勃勃生机

孕育着多姿多彩的生命

昔日的"黄河豆腐腰"

沙丘连绵，地势险要，水势凶猛

"九曲黄河万里沙，浪淘风颠自天涯"

田地荒芜，寸草不生

这是历史的一声叹息

是村民无处可逃的绝望

"要把黄河的事情办好，不然我睡不好觉"

"切实关心贫困群众，早日实现脱贫致富"

伟大号召，殷殷嘱托

沿黄两岸群众

将党和国家领导人的殷切关怀

牢记心间

"三年两决口，百年一次大改造"的局势

得以彻底扭转

如今的东坝头

万亩良田近在眼前

生态美的人间万象

近在眼前

黄河流域高质量发展的兰考模式，近在眼前

——2023 盛夏全院教师行走新乡、安阳、开封

野草

和野花野菜一起生长

许多年来，已经练就了随风奔跑的本领

宠辱不惊的本领

以及在冬天里，把身子缩回泥土深处

隐忍不语的本领

当年喜欢在野草上奔跑的少年

当年不得不把野草割回家喂牛的少年

当年背井离乡多年

回家后惯于在野草边，安静地坐上一天的少年

当年经常在冬天里点燃一把干枯的野草

取暖的少年

——远去。野草也会说出孤单

野草的矫情，热烈与冷峻

似乎与少年头上渐生的白发

息息相关

街心公园入口处的邮筒

城市中央的街心公园
繁花似锦
邮筒在公园入口的不远处
一场雪到来之前
它身上的绿色，又剥落了一层

每天，行色匆匆的人们从它身边经过
嬉戏打闹的孩子从它身边经过
孤苦伶仃的老人从它身边经过
相思成疾的人
对它视而不见

一片落叶，绕着邮筒飘过几圈
落在惨淡的月光之下
邮筒对此却无任何回应。没有人知道
它的体内
装满了凛冽的风

流星

转瞬而逝即是永恒。当我们说起流星

其实是祭奠一种

美好到绝望的灿烂

犹如一个人，与时间无关的少年

风尘吹落不了的纯粹，简单和欢愉

犹如某个笑脸

以及被天崩地裂，定格在某个瞬间的永远

门

打开冬天又迎来春天

一扇门，和篱笆或栅栏一样

在希望与绝望的结节处

亮出了一切：冷和暖，快和慢，私心和宽厚

往往就是这样。一扇门所承载的意义

由另一扇门来虚掩

于是，推门而入的那个人

最终被另一个过客所取代

过客其实也并不虚妄

门外有太多的熙熙攘攘

门外还有些许阳光

把我刻在门扉上的三个字

再度照亮

琴声何来

第一百零八次弹奏《月光奏鸣曲》的少年

第一百零八次从月光中缓缓走出

此时正值午夜

贝多芬深刻的爱情悲歌，又在人间回荡

少年的琴弦愈来愈激烈

月色下苦楝树的忧愁愈来愈浓厚

它正和谁诉说着，自己在这首曲里

度过的一生

它的月光奏鸣曲，它的琴声何来

对岸

对岸的鸽子飞了很久

栖息在一根腐朽的木桩上

除了风和一些四处飘零的落叶

对岸还有一只蝴蝶

绕着朽木的背影，轻轻地飞

它应该是春天的使者

它和栖息的鸽子一起

让我对着空无一人的对岸

说不出一句陈旧的话语

草木之心

将草木视为自己，再为自己喝彩

是我多年来怜惜草木又与草木再见的一种方式

当我不再感慨乾坤之大

草木就变得质感起来，辽阔起来

有时生长在我的手掌，有时生长在我的心上

尤其是在冬天

只要落下一场雪

我就会特意走出门外：想看看究竟是哪一棵草

拼尽全力

给养着我的春天

断桥残雪，被有人丢进了夕阳

湖面是平静的，断桥残雪也是

几棵枯草映照的夕阳

近在咫尺又远在天涯

试图用一个新的意象

为自己的流年解脱

他面对夕阳时，湖面起了涟漪，飞鸟一路向西

断裂的桥上

夕阳被残雪放大了好多倍

立春贴

雨还是冷的，回家的人也还在路上

春天与谁不期而遇

又与谁擦肩而过

活着的人们，依旧一言不发

即便被无数个春天忽略，即便脚步小心翼翼

那些呼唤的春天

那些想象的春天

准时在时序的盘问中

诉说着，轮回的残忍与温存

许多人簇拥着的春天，消失得那么快

断桥上的蜡梅

渐渐有了枯萎的气息

断桥上的人，渴望着春天的逼近

春天似乎还未转身

就有人肝肠寸断。世俗世界里

混浊的事物太多了

稍瞬即逝的事情太多了

桥下的流水

有人只是看上一眼，就没了形迹

认真的雪

被覆盖的和未被覆盖的
被隐去的和未被隐去的
被消融的和未被消融的
一场雪
给人间的悲欢离合
注解成茫茫的白

辗转过几个飘雪的路
掠过几场雪，构造的虚与实
看过几场雪，虚构的厚与薄
归乡的人
在又一场雪的寂静里
直接触摸到了，茫茫的白

冬日的芦苇荡

水鸟飞过的痕迹犹在，路人走远的背影犹在
芦苇荡里的空
与天空的空
互为映照。一枝芦花还在吟唱着
关于冬天的所有馈赠

可芦花却遗忘了自己的单薄之处
不远处，一个孤舟垂钓的人
背靠着芦花
说出了自己
呼唤春天的所有借口

就让一粒雪，落在故乡

弱水三千
赶路回家的人千千万万
一粒雪，从未失重

也从未变轻。落在故乡的白月光里
落在家门口的苦楝树上
落在邻家姐姐离家多年迟迟未归的路途上

就让一粒雪，落在故乡吧
那么多片雪花的沉浮
那么多个陈旧的往事

就让一粒雪，指引着我
和我的故乡
安安稳稳地，看着一轮，又白又静的月亮

大鱼

需要足够大，才能衬出时光的矮小
才能让幽深巷子里的猫
从天黑走到天明
才能让失恋的姑娘，忘记曾经的誓言

黄昏的静寂是真的静寂
一条大鱼
从清晨，缓缓游行到这里
至于还要去向哪里
至于清晨，石板路上的杀鱼人
去了哪里
至于中午时它闻到的蜡梅的香
此时飘向了，哪缕炊烟的深处
它统统不知

一条大鱼的使命

一个黄昏的宿命

都值得我，念着蜡梅的香——

那么清纯的香

那么多的归路

除夕，在淯水河畔

夜幕将至。淯水沉吟，白河悠然

南阳的母亲河

正载着春秋战国的人字形大雁

载着"谋无不当，举必有功"的一代名相百里奚

载着千金散尽还复来的"商圣"范蠡

在流不尽的时光里

将如此明亮如此不加修饰的比喻

带入我的新年

让我的新年，静卧在一个温暖的供词里

窗前的烟火，用燃烧呈现自己又返回自己

这多么像我背井离乡多年后

环抱家门口

那棵粗壮的老榆树时的情形

这秀水之河啊

日日夜夜，滋养着我的身体，我的灵魂

烟火升腾的这一刻

再度照亮了东汉的天空

我似乎看到了在南阳起兵的刘秀

盛世里淯水边观看天象的张衡

在茫茫宇宙，一颗闪亮的"张衡星"

一颗闪亮的"南阳星"

白河里正在清洗草药的张仲景

以天下苍生为念

用母亲河的乳汁，浇灌着药草

我也听到了萧萧班马的长鸣

穿透时空

在淯水河畔读诗书的诸葛亮

推演遁甲之术

洞察天机之道

运筹帷幄，草庐结对

使蜀汉政权得以建立

一泓清泉，滔滔淯水

在淯水河畔

你尽可以，诉说一座现代化古城的钟灵毓秀

你尽可以，和风华绝代的文人墨客一起

慢慢地，听淯水之吟

二月

一

二月把闲置的春风收集
又拿到郊外贩卖。放风筝的人
放大了纯粹的意义

玫瑰有过的深情
春泥也会拥有。梅花还在枝头摇摆
山水一程，三生有幸

全力爱过的事物
二月会替我再爱一回
因为你，万物又触手可及

二

柳枝开始萌动，外出的人备好了车马
谁在这路遥人急中心静如水

谁在柳树下迟迟未归

二月写下的每一个词语
春天都会记住
雨水都会记住

三

树林还是安静的。沉睡的野花也是
没有人打扰的河流
沿着既定的姿势，安抚人间

人间的悲欢被月色吞噬
月色依旧高远

四

等春天的人也在等雨
黄昏也变得从容起来

二月穿城而过。粉色的梅花开始绽放

有一朵，镶嵌在等待的人的心口上

打开窗子就听见了河水的涌动
二月会沉淀我奔腾的爱吗

五

越来越清亮的天空，越来越清脆的马蹄声
越来越离不开的人儿
把二月填充得完完整整。一滴雨敲打地面
一行文字就簌簌而下
这样的景象，适合倒满一杯酒
再打开门和窗户

风向北吹

风向北吹。没有人说得清楚
故乡的云顶藏着几座山峰

在豫西南，春天的风还有些许凛冽的气息
可麦田里的守望者，依旧不说孤单

乡愁始终都和北方有关
北方吹来新年的新，又遮掩了一个平庸的世界

傍晚伊始，月亮就掠过树梢

玉兰花还在窃窃私语

月亮已掠过树梢。傍晚成为一行赘余

低头不语的人也是多余

二月的天空，凭依着月亮宽泛的背影

这背影，让鱼缸里的鱼

为某个夜晚沉醉

海棠

循着海棠花的色彩
你会看到一种隐秘的痛
藏匿在春天的寓言深处
还披着一件薄薄的蓑衣

西街的阳光也还算浓烈
海棠也未想过
最是人间留不住的事物
有多忘情

一些人从海棠身边经过
他们从未懂过忧伤
与海棠最红的部分
之间的诱惑

有多少花开到荼蘼
就有多少海棠深邃如你
这时，如果不写诗，我就去追赶海棠

月亮

清风明月和我，这一组用旧的比喻
瓦解着关于早春二月古老的童话

是不是窗户再打开一些
月亮上就会掉下露水和麦芽

是不是我们听到的誓言谎言和谣言
都不在月色的笼罩之下

羊群和炊烟还在游走
那就趁着夜色，给上天赐予的这抹风月

配上一个深邃的钟声

陌上花开

陌上花开是我刻在一枚石头之上

第四个绕城而过的隐喻

春天也是。远方的人的乡愁

是不是越来越消瘦?

《诗经》也在陌上,极力渲染着春天

杨柳依依的那个清晨

桃之夭夭。呦呦鹿鸣

邻家的妹妹正在出嫁

一日不见,如三日兮

我渴望这一树繁花的景象

和她的幸福

同时抵达

飞鸟

飞过之后的天空
蓝得不太真实。可飞鸟并没有来

蓝色依旧遥不可及
只有一只飞鸟
缓缓晃动着世界的虚无

"总把新桃换旧符"
可依旧会有新人，兴致勃勃而来
静听鸟巢旁边
雪落下的声音，在人间隆重集结

春水

在关于春天的事物中
我只贪恋一汪春水。春水荡漾
春水流在田间
春水徜徉在所有美好的人心上

借着春水，我交付一生的真情
向着太阳。凭依春水
一生的真情
一点点，融入春天

春水盈盈。此刻，我的挚友
在群山之巅
用松花酿酒，用春水煎茶

雨水谣

终于看到一滴饱满的雨了
像燕子归来时，河山一样的安稳

终于不再对着贫瘠的夜晚
悲怜万分。一场雨的圆满，必然是另一场雨的乏味

于我们而言，在春天，只要有一场雨落下
就会想到青山有别

李子坝轻轨站

在重庆，你尽可以把你的想象

安放在李子坝轻轨站

你尽可以，看着轻轨穿楼而过

将呼啸而过当作迎接

或者辞别

在李子坝轻轨站，繁花似锦

早已不是暗喻

每一个花团锦簇

都是我为你预设的借口：我的等待

在嘉陵江畔，容纳了一个完整的春天

萤火虫

缓缓飞过了暗夜、礁石和墓碑

一只萤火虫

在没有同伴的欢呼里

坚定地指引着自己。它的身旁，千年的枯木

是不是就要被春天唤醒了

决绝的爱人是不是又回到了

相爱的时刻

"天地合，乃敢与君绝。"

一只萤火虫，将绝地的梦境

带入光明

用自己辽阔的、不曾老去的身躯

阻挡风雨。春天多么好啊

春水荡漾里

谁的誓言救赎了谁

谁又在单薄而又厚重的飞翔里

重新找回了自己

油菜花开

油菜花开。一场盛大的花事

给予春天

无数个断想和期望

许多年来，我已习惯于沿着春色铺展的姿态

计算你的归期。一朵油菜花

足以抵御一个

踽踽独行的背影

你的归期即是花期。你即是花蕊里

那滴晶莹的泪滴

花事没有跌落

我的心事也没有枯竭

多么无辜的春风呀

照看着你，被我怜惜着的身体

万物触手可及

唯有油菜花的金黄

与你的泪滴，可以媲美

早樱

边开边落，大雨一般淋漓

早樱的开放与陨落

一样地壮丽。飘零的烟雨

却远远不及

蝴蝶和蜜蜂眷恋的开放

一如樱花这般欢喜

"逝者如斯夫，不舍昼夜"

树下还有白雪相伴

树下还有人向往爱情

树下还有人，将落红视为

时序的疼痛

雪来的那天，花正开着

花径湿润。单单一场雪就够了
一场雪酝酿着的二月
终究让位于一个宏大的叙事

无限接近美好事物，无限接近春天
花开的声音
就这样收留了所有的雪，呻吟和遥远

没有比你的到来更好的祝词了
雪来的那天
我锦衣夜行，守着花径和泪滴

元宵辞

今夜的月亮只有一副面孔

水和火都可以横行其中

这混沌的圆啊，拿什么指引人间

形单影只的人们，只要抬头看上一眼

会不会奋不顾身地

拥抱这个夜晚

"万家灯火，不及她眼里的盈盈月色"

那些渡口，那些归舟

统统向一个圆满的隐喻致敬

遗憾的事情就不要再说出

在异乡，大多数的时候看不到月亮

被遮蔽的不仅是天空
还有烟花的形状。在异乡
心口的起伏
常常与夜晚有关

月亮的罪名
确实不是我陡然加上的
许多年来，故乡已经无法容纳下我
只剩泪滴的脸庞

因此依旧会为一场春雪
莫名地忧伤
我的冬天，不是刚刚还在老屋门前
晃动着明亮的身影吗

冻雨

用冻着的方式表达某种淋漓不尽
一场雨似乎听到了冬天与春天
深深的积怨。在人间集结多年
就连一场雨也不愿再听从
谁的使唤

尘世里被叫作冰冷的东西太多了
被春天预设过的这场雨
何尝不想，越过山丘上的寂寞
和一声叹息

蜡梅花与冻着的雨
在对峙了三天三夜后
终究还是握手言和了
相爱着的人儿也终于可以
忘情地，遗忘这个春天了

喜鹊起飞的时候，黄昏正赶着春风

空荡的椅子上落满了风

待到黄昏，一只喜鹊缓缓飞来

旷野开始四处散落

直至在春风里，凝结为苍山的泪滴

中年以后，我惯于从山底仰望高山

从河边倾听河流

我惯于一种顺从：将黄昏

从黄昏的侧面抽出

钓鱼人的鱼竿始终没有动静

黄昏还是来了

喜鹊还是飞了

春风还是暖了

流逝

不只是日子和流水，所有流逝的事物

都有悲怆之美。当我在纸上画出玫瑰

我就感到羞愧

谁用苍老的目光

护送着玫瑰上的那根刺

渐渐不再尖锐

还有许多未被说出的事物

还有许多未被划走的时间

还有许多未被淹没的美好

还在我握紧的风声中

凸显着，流逝的伟大意义

致敬宗老

"夭寿不二，修身以俟之，所以立命"

可我们还觉得你走得有点早

绵绵细雨

和从四面八方赶来为您送别的眼泪

让早春的杭州

湿了个通透

您不让自己的员工996

您让员工享受福利分房

您不靠一夜暴富

不靠资本投机

您靠一瓶水发家

您低调而简朴，温和而纯粹

勤劳而务实，善良而温暖

您用光辉的一生

践行着实业兴邦的信念

您是拥有几百亿资产的富人

却富而不奢，富不忘本

一辈子就做成了一件事情

您不在乎"饮料大亨"和多次问鼎"中国首富"的标签

您书写了"一代浙商"的传奇

您是中国商业舞台上极具传奇色彩的人物

您立志做企业家而不做资本家

您大器晚成却朝夕不倦

您在商战中敢打敢拼

您家国情怀满溢于表

您是实体经济的守护者

您是娃哈哈集团的创始人

您是慈善企业家的标杆

您是全国劳动模范

五一劳动奖章获得者

您是严厉的家长

您是可爱的亲人

......

"娃哈哈是我在这个世界上存在过的证明"

"踏踏实实办企业,为国家多创造利润"

您用行动证明着

"有的人死了,他还活着"的含义

长城外,古道边

芳草碧连天

一片花海满城哀悼

这不仅是对一个企业巨擘的缅怀

更是对一个时代的致敬

您不仅留下了亿万财富

也留下了亿万人心

您的离去

让如此多的人陷入悲痛与哀思

您配得上这份尊贵、崇高与敬仰

您是名人，也是凡人

在这个春寒料峭的时节

您永远永远都不会走远

落日

璀璨夺目的时刻
最不需要歌颂。落日的美
想要依附于一缕春风
将自己缓缓交付

于落日而言，余晖也是多余
那些关于生存的诗学和美学
那些模糊的记忆
都无暇顾及其他

站在一抹斜阳深处
看着老树枯藤又开始发芽
老张期盼着外出务工的儿女
能多挣些钱又能早日回家

三月

除了花开，还有许多个未解的事物

在大地中央

——铺展开来

为蜜蜂的吟唱洗耳恭听

这些年来

我无法忽略的东西何止这些

向着阳光的方向

为三月的博大奉上

我最为浓墨重彩的一笔

流浪之歌

须是从一个渡口到另一个渡口

须是从一个圆到另一个圆

赌上生命的坚强和脆弱，完美与缺憾

放逐万物

也被万物放逐

没有唯美的祝词，流浪成为一种宿命

连主人的黄昏

总是不愿被黄昏挽留

有一年行至大峡谷

原本不大的缺口处

突然又多了一个缺口

流浪者犹豫了片刻，又继续赶路

大多数的时候

路过的月亮也说得上硕大

路过的人群也足够寂寞

流浪的理由，却始终只有一个

惊蛰辞

没有雷声惊扰

田野又宽阔了一些

春风又抚慰了几许

新生的柳枝

可此刻，万物无声，一点点落在我的心上

天空用一颗宽厚善良的心

包容了所有

这情景适合远望和倾听

适合在清晨，将自己一股脑儿

交付给我醒来后

写下的第一行诗

交付给一朵，肆意开出十万种颜色的野花

交付给一个，用来指引"来日皆盛景"的春意

春风引

十里春风，偌大的比喻

悬置在我们经年许下的愿望里

惊蛰的雷声

一点点，漫过你的眼底

有祝福的日子，春风十里

我们慢慢沉醉

像柳枝对着星辰

下沉着自己

纯粹的轻

一路追着春风。你看

这么多的美好就要在春天

肆无忌惮地咆哮了吗

雨一停，羊群就上了山坡

春天如此宏大，春风如此浩荡
连一场雨
也无暇于抒情，甚至顾不上叙事
连一只蝴蝶，也忘了回家的路

的确是山水一程，的确是风雨一更
有些人
即使不隔山水
也再也不能相逢

雨有时候也不带隐喻
泪有时候也不想深入
羊群缓缓上了山坡
牧羊人突然想起，在某个清晨
或者某个夜里
山与水，在雨和泪交替退场中
穷尽了自己

流水辞

一直在辞别，一直在时间之外
舞动着属于自己的悲伤和兴奋

再多一个人的观望，或者再多一个人的忽视
流水依旧一丝不苟地低声喧哗

在一块石头的深处，流水彻底辞别了冬天
和远道而来的自己

炊烟

有时是直线，有时被风吹弯
做饭的人并没有在意
春风里的暖意和善意

远道而来的人看到炊烟
脚步开始放缓
他的头顶，此时已经霞光满天

客居他乡的人
常常把炊烟当作春天，当作冬天
也当作故乡，亲人们撑起的那片天

田野

春风吹着的田野

可以衍生出无数个

与万物触手可及的意象

幸好，枯草映照着的小溪

打田野中央穿过

枯草被春风反复吹拂着，抚慰着

这使我有理由相信

她辽阔的内心，可以与水比拟

还可以将一汪春水

带到比田野，更为辽阔的地方

冬日，又见芦苇荡

最浅滩之处也值得抒情：芦苇还在向上
向左，向右
将冬天想要表达的
努力交给一缕春风。白茫茫的芦苇荡
没有一片愿意
耦合孤独的模样
常常在芦苇荡里出没的飞鸟
常常在芦苇荡的最深处
俯视人间

麦地里，我们不谈命运，不谈轮回

春风浩荡的时候

麦苗摁住自己的蓬勃之心和恻隐之心

它们耆于和我，一个经过的路人

讨论命运：死亡能够证明的

生长同样可以做证

一棵麦苗绿过的春天

一万棵麦苗，可以摧毁

给溪流

献词还是新的
欢喜也是。终究还是一滴水
给予另一滴水的誓言
又沉重又轻盈

终究会沉醉在深邃之中
连同落日和黄昏
除了暮色可以做证
谁能够躲过一滴水，不证自明的透明

终究会把前天和昨天悬置的日子
拿来摧毁
在春色面前
何必说出一句，与静水深流无关的措辞呢

在满是春风的大地上，我只想写一首小诗

大地那么大，人间那么大

一场雨敲打暮色的声音

像一只蜻蜓

想要在我的身体上，布下天罗地网

可以捕捉的东西并不多

我只想在太阳坠下的那一刻

写一首小诗。写你在春风里奔跑

而后停下来，对着我微笑

我写下的你的微笑

和大地的喜悦

重构着一个

有雨水浇灌有太阳晒着的人间

垂柳下，霜雪千年的梦境早已散去

散了的还有经年的风月。无须躲闪

离别的人们，流下的每一滴泪水

也被春天深深藏匿

我看见的垂柳

此刻只与河岸对峙

至于霜雪千年的梦境伸向了哪里。又或者

春风在某个收紧的时刻收留了谁

都已无关紧要

一枝柳条，在它无法抵达的地方

说出的一连串妄语

会不会在浅淡的云层里

被统统退回

听雨

几乎和暮色融为一体
雨声也是轻柔的
倒是窗外的世界，需要渲染

还有未被淋湿的事物和未被认识的彼岸
还有未被忘记的人
一并在雨里静默着

披着暮色再听一会儿雨
就听见了庄子《秋水》中的对话
刺破了寂静和我

对话

"春天最好用来做什么"

"用来虚度吧。河水，流得那么轻，那么慢"

"浮生若梦，浮生散落，浮生寂寥"

"像昨夜的一场雨，被今天的太阳洗劫一空，没有丝毫痕迹"

"所谓道路，所谓过程"

"燕子正在筑巢，每一粒泥土，泛着光芒"

午后

只有喜鹊和我是醒着的

喜鹊在窗台上跳来跳去

没有人知道过一会儿

它将会去向哪里

我在新开的郁金香味里

稍稍有些沉醉

沉醉和迷失是两个指向不同的词

我还够不上，一朵花包揽的浓郁

时针似乎放慢了一些

对那只又跳着过来

陪伴我的那只喜鹊，熟视无睹

春分

春色被平分的时刻
陌生的花开得正欢
它们向暖的样子，让你看到
我们呼唤春风的一万个理由

从未有惊天动地的事情发生
春天的期待
往往是从冬天里生长出来的
因此也从未拒绝过，暖阳下拔节孕穗的万物

于春天而言，歌颂温暖也许是稀有之事
即使已出走太远
即使愿意在一朵花下
停留半生

站台

走下去的那一刻

阳光开始低沉。头顶似乎有一层

薄薄的雾

在全身开始弥漫开来

我知道你和我一样

也不忍说出深渊的另一个名称

我知道你，在站台那头

泪眼婆娑

把我的影子

又拉长了三尺

街灯

街灯知道，常常有路过的人们，把黑夜揉碎

再拿到街灯底下

摊开来，一点一点拼凑着

路人经过的每个瞬间

街头都会感知

且每次都要把路人们的背影，深度遗忘

偶尔也会想起

曾经有一位姑娘坐在街灯下

用眼泪，擦拭这个城市的伤口

路过

我指的是路过一座花园

午后的阳光有些淡然

我与一朵花凝视，而后又彼此放过

我指的是路过一座花园

花色笼罩着贫瘠的土地

想要唱歌的人们，看不见伤悲

我指的是路过一座花园

你终生都无法抵达的地方

此刻已把我，轻轻唤回

她和布熊

她和布熊只有一米的距离

它看着她，充满怜爱

她看着它，充满悲悯

所不同的是

它被固定地放在一把塑料椅子上

专供来来往往的人

看了又看

她在可以来来回回走动的地上

有时被人看到，有时不被人看到

不期而遇的雨

似乎也在期待之中

一场雨和一朵花，一把伞，一个路人的区别

并不是很大

都是孑然一身

惯于把万物藏于内心

再找个无人的角落

一遍遍翻晒

区别在于，一场雨

打湿自己的勇气

和我在这个夜晚写下的文字

一样坚硬

它赠予我的笔墨

比我要书写的这个夜晚

还要黑

李子花，以及李子树

春天的疼痛已经够多了

李子花顺势而上

以灿烂的姿态，将疼痛，一点一点剥离

无论如何都该保持敬仰

在一棵李子树下

即使你两手空空，即使你一无所有

因此才有足够的理由

对一棵树的谦卑

报以歌唱，报以希望

那个春天

在豫西南广袤无垠的中原大地上
肆意奔跑
一个少年惯于疏忽春天
以及各种春风春雨
家门口的苦楝树也还没有发芽

春天的忧伤有多深入
大地的伤口裸露在哪里
燕子的巢昨晚又掉了几根稻草
少年通通浑然不知

少年也不懂诗意
尽管春风的辽阔和浩劫也许触手可及
尽管在遥远的山海关
一个天才诗人的悲怆
划破天际

那个春天

少年在豫西南广袤无垠的中原大地上

肆意奔跑

他的身旁有春风，妄图横扫天下

布谷

这是春天最值得炫耀的时刻
雨水顺着脸颊滑落
布谷鸟一只一只，飞过我
仰望春天的头顶

舒展开来的飞翔
令我如此迷恋。我坐在河水的对面
久久不愿离去

将时间和我一起隐去
布谷鸟，肆意挥霍着春天
最为理智的部分

钟声

每响一下，河流的神经疼痛一次
人间的悲喜交集一次

悬挂在心口上的人和事
必须和钟声，息息相关

子夜时分，黑夜的黑，陪伴着钟声
为流逝了的一切，默哀

梨花

比风还轻柔的梨花，比渴望还持久的爱
"一树梨花压海棠"
河堤上，相爱的人们已陆续赶来

在春风里看梨花逍遥
就会拥有比逍遥更远大的抱负
我来了，带着梨花的深情

我来了。梨花还远远没有荼蘼
你也一定会来
将梨花举过头顶，将情话说尽

晚樱

灿烂得只剩下灿烂

孤单得只剩下孤单

这些形容词的意义，只在此时，只在此地

摇曳也是多余

路人的凝望也是多余

每一朵，每一树，每一个傲然挺立的背影

这就是晚樱的开始和尽头

这就是故事的中心和高潮

这就是有晚樱布展的春天

这就是横亘在我们欲言又止的遣词造句上

最为完美的誓言

和谎言

桃花吟

在北方，须是要到四月，须是要春风中央
才能看到桃花的内心
这可能还不够。一朵桃花的美
一朵桃花的命运
繁芜和简洁都无法抵达

无法抵达的还有我陪伴桃花的心情。已是四月
许多花期接近尾声
跌宕起伏的花事，一片一片
跌落在屋檐下，山顶上
和我舍不得看着它流逝的夕阳里

短暂也是美的。何况我面对的
是还没完全开放的桃花
跌宕也是值得称颂的
何况我还可以在故乡的落日下
赞扬一种美：人面桃花
相映红

论春天

春天原本不是拿来定论的
可是因为你，沉溺其中的每一种色彩
都那么绚丽夺目

我们试图论证的春天，我们努力奔赴的春天
已溢出天际。我们的天际
落满春天之外的语言和寓言

梧桐树每抽出一个嫩芽
春天就拒绝无数个虚无
我们的笔墨上，春天跳出来三尺多长

我的野马

我的野马奔跑在春天。这是多么幸福的时刻

雨水丰沛，梨花含苞待放

燕子悠闲地飞着

北方的原野如此辽阔，足以喂养我的野马

马蹄声声清脆

撼动着河堤深处，一朵未尽的玫瑰

让失声痛哭的人们放声哭出来吧

让野马在我的身体里奔腾吧。你看

我的身体，和春天一样辽阔的身体，装满了实心的绿

遥远的古村寨

说不清到底是古村寨唤醒了春天

还是春天唤醒了古村寨

它们融为一体的时候，每一朵花，每一块石头

都在载歌载舞

我远道而来，他远道而来

在不再干涸的河流中央，尽情抒情

我为古村寨献出的春天

是我积攒了一生的风：春天多么好啊

柔软的质地

连梦境都可以收缩自如

春天多么无辜啊。被怜爱的人们

被流放的人们

都愿意在古村寨里取暖

此刻他们又遗弃了一个，比河流还要饱满的春天

多年以后

多年以后，我依然会把海枯石烂

当作爱你的借口

在一块烂了的石头边

和你席地而坐

看两只蜻蜓，相互追逐

久久不愿离去

多年以后，我用苍老的双手

为你从水中捞起月亮

捞起你想要的形状

然后再亲手将它，挂在树梢

多年以后，我们还是喜欢凝望对方：我们彼此眼里的世界

就是全部的世界

四月

花退残红的景象

让大地暗自窃喜：变化了的人间

诠释着又一季的悲欢离合

麦苗拔节的声音

刚好被我听到

一滴雨，附和着满世界的绿

于是四月成为一个明亮的暗喻

新生的茶叶

依旧在杯子的中央，浮浮沉沉

清明辞

须是和水有关的节日
大抵是懂得了透明和清澈
之于人间的意义
因此才要跋山涉水，呼唤故乡和天空

因此才要亮出生命的底色
和大地一起共情：痛的快乐
在一畦麦田中央
窸窣作响

须是在最敞亮的地方
和远方的亲人，坐着交谈
哪怕只有一会儿工夫
哪怕有绵绵细雨，罩着人间

迎着春风春雨回家

总该把体内的春风和眼前的春风

做个对比吧

总该把心里的春雨和脸上的春雨

做个碰撞吧

在春天，回家竟如此紧迫

如此隆重

问候了路边的野花野草

问候了乡里的乡亲们

问候了春风春雨里，有些湿润的自己

问候了家门口的苦楝树

苦楝树快要发芽了

也许还有一天

也许还有一个时辰

也许，它在等我与它的

相视一笑

等

麦苗拔节的声音
再次被我听到
我想对你说，这是生命的力量
那么温暖，那么宁静
那么鼓舞人心

我想对你说，多年来
我们拥抱的孤单都不是孤单
你看
田埂上的野草
有的还带有枯萎的痕迹
可只要被风一吹，又绿了几分

我想对你说，四月的麦地
是光阴的腹地中央
是天空的宗教圣地
你是不是正被光阴宽恕，被天空大赦

你是不是正沿着我倾听麦苗拔节的声音
匆匆赶往这里

你重新定义了永恒

雨水只是陪衬，夜晚只是陪衬

火诞生的过程

大地用颤抖告知了我

我捕捉到的永恒

的确与火有关，也与灰烬有关

可灰烬，是将来的事情

我的永恒是挂在树梢上

一团火一样的生命

它与年轮无关

她和布熊（二）

她漫步街头

又一次见到了那只布熊

又一次和它聊了一会儿

关于虚无的 N 个主题

雨突然从天而降

她把身上的外套脱下来

给它穿上

她看着雨滴拍打它的身体

它看着雨滴经过她的身体

她俩相拥着，不再说话

空碗

用空着来顺从或者抵抗
是一只碗多年来用旧了的修辞

被人紧紧捧着的时候，空着的碗
从不说痛。流水不腐，流水匆匆而过

空着就是一切的集结
时空从碗中央流逝，又在碗底新生

但无论如何，被人惦念总是幸福的
一个古老的形容词，从此更加苍老

无量台

御湖包揽了春天所有的美，可这还远远不够

御花园收留了人世所有的好，可这还远远不够

无量台的春天似乎来得早些

帝王故里的桃花似乎开得烂漫些

可这些还远远不够。金戈铁马犹在梦里

浩荡的乾坤就在眼前

迎风飘扬的汉旗和龙旗

将尘封起来的烽烟和一代帝王的功名

一一唤醒。一千八百多年前的"光武中兴"

在潇潇细雨中

在氤氲未尽中

染指着白水湖畔，漫延开来的清白人间

从落英缤纷里走过

步子太重有疼痛之感

步子太轻有虚无之感

面对一地落英，我怅然若失

像背靠一条流逝的小溪

我试图借用夕阳下喧闹的人群

来掩盖满地飘零的花瓣之语

我试图遗忘

昨晚那场疾驰而来又匆匆而归的大雨

可是大雨终究也蹉跎了岁月

可是落英终究也辜负了美人

可终究是我，面向一个载歌载舞的花瓣

说出了暮春的另一个名称

四月，故乡的油菜花开了

直到四月，我才见到故乡的油菜花开
它们安安静静地开了一茬又一茬
故乡的人们老了又去，去了又来

直到四月，我才想为它们赋诗一首
它们有的开始结籽
在微风中，晃动着渐渐沉重的自己

直到四月，过完年就去城里打工的女人们
才想到回家看看孩子
那些在人群中奔跑的身影
那些她们一眼就看出来的自家孩子

如此熟悉又如此陌生

春日物语

没有特别值得激动的事情

也没有特别值得愤怒的事情

一只鸟落在树枝上

另一只飞走了

一个人在树下站了很久

另一个人丝毫没有察觉

人间的悲欢离合，在四月里

重复着轮番上演

我试图去热爱喜欢的人

去做喜欢的事情

我试图劝说自己

去遗忘四月的春色和绿意

可四月的雨水太多了

我摊开给你写信的纸

都一次又一次，被雨打湿

一束干花

起初是新鲜的，后来水分没了
一束干花，成为时间的馈赠

时间馈赠我们的事物太多了
在一束干花面前，我感到羞愧

我的羞愧让干花，理直气壮成为干花
我的干花，赐予我水分和养料，才成为干花

空谷

空是一种欢喜
无须指向，无须叙事，无须记录
空着的时候
才会有人将自己的灵魂
交付出去

虚妄永远都是真实的
空谷以能够抵达此处的人
为荣。也以无法抵达的人
为荣

将已有的回音和没有产生的回音
聚集在一起
空谷将我们
抚慰，然后收留

下弦月

看得见的清亮，和童话一样明朗

我想让你在里面安睡

触碰得到我的心房

我想让你睡着了就看着我

背靠梅花的芬芳

我想让你忘记月亮

下弦月是一种带水的思念

其中的波浪

只有你才能够徜徉

春天的荷花池

春天的荷花池并不寂寞

那些飘荡的风，那些飘荡的人

那些无处躲藏的雨

都在荷花池的博大里

——老去

春天的荷花池给予夏天

太多的热烈

岸上的排椅又空了

离开的人们又走远了

不太遥远的秋天的风，又吹来那张熟悉的脸

春天的荷花池蓄满春天

走远的人们又归来

他们喜欢在池边，遥望天际

他们喜欢在天际，怀抱热烈

两朵栀子花

两朵就已足够。我贪恋的醇香，我热爱的洁白，我
挥霍的春色
两朵就已足够
它们按照自己叙事的逻辑顺序
把我的四月，注入一个丰富的灵魂

它们并未随遇求安
它们慰藉着我，也被我慰藉它们守候在春天的尽头
让每一个黑夜，远离风声鹤唳

谷雨

雨生百谷。那么多个悲怆的故事还没有结尾
桃花的花事却已将近

一杯谷雨茶，一种挽留春天的勇气
谁沉醉其中不知归期

暮色苍茫。雨声在交错中重叠
又在重叠中交错
那些走散了的人们
可否会在雨中重逢？

蔷薇花酒开酿了。这场暮春的雨
是不是只为蔷薇花开而来

春天，好多个故事正在生长

邻居二大妈把一篮子猪草放进猪圈

看着几头猪把猪草吃光

又背着竹篓回到田地里

不停地喃喃自语：春天就是好啊，春天就是好啊

几头猪越来越肥越来越壮

燕子们也没闲着，它们的巢里

又多了几个新的生命

这生生不息的景象

和春天里，人们衍生的诸多想象

多么契合

雨的脚步有些轻盈

我们有足够的理由断定

这又是一个新的故事的

新的序章

再写桃花

想到桃花枯萎时的平静
我的心境也开始平静下来
树下残留的落红随风飘舞
我的心境却更加平静

四月没有辜负我的深情
四月没有辜负桃花的深情
这个深情的世界
被我安放在，桃花落尽的深情里

于是便了无牵挂。于是四月将少有的雨水
植入我
抬头看天的气魄里

四叶草

我一眼就认出了它，在一大片草丛中

它摇摆着身子
像我儿时奔跑在田间地头时，欣喜若狂的模样

我走近它，因为它简化了春天
我抚慰它，因为它使唤了欢乐

快乐是多大的奢侈品啊
四月里，盛大的事物还有那么多

惊喜是多小的奢侈品啊
我的体内，拔节生长的东西，还有那么多

桑葚之歌

采桑葚的女人披着满天的霞光回家
将桑葚的红与夕阳的红，融为一身

"桑葚味甜汁多，滋阴补肾，药用价值很高"
女人觉得桑葚的红，是最好看的红
桑葚的紫，是最好看的紫

入药只是一个方面
待到盛夏，桑葚还可入酒
那时，酒精度可以调高一些
浅薄的心思可以减少一些

烟花

我惊诧于你的灿烂，如此不加遮掩

我惊诧于酒的浓烈，如此不以为然

我惊诧于夜的孤单，如此不堪一击

我提着黑夜

看深情无情的人们

往希望绝望的深处走着

灿烂即是毁灭。浓烈即是失陪。孤单即是转身

世间有情的东西那么多

世间无情的东西那么多

小屋

与夕阳互为镜像，一间小屋

让暖色有了具体的依靠

这时候适合想象爱情，想象家

想象天荒地老的模样

这时候可以忽略门窗，忽略鸟鸣

忽略大地上，那些跌落的忧伤

这时候能够迎接一场初雪

稀稀疏疏

下在我们对视的眼睛里

杜鹃花开

四月已央。杜鹃花代我做了一切：尽情怒放，满山摇摆
但我也不是过客
我为她喝彩，为她抛去 N 个媚眼
我坐在她身旁，看天色一点点暗淡下来

我喜欢的红，杜鹃花都为我奉上
我喜欢的静，杜鹃花都为我燃烧
我喜欢的人，杜鹃花都为我寻找

杜鹃花开。漫山遍野
漫山遍野，我和我的世界，亲了个遍

自画像

不再对着大海的汹涌心潮澎湃

不再将春风春雨泛化为乡愁

谁简化我的夜晚

我就接着简化时间

作为镜像的东西越来越少

作为祭奠的事物越来越多

一只风筝飞过的天空

反衬着线的悠远和辽阔

开过的梨花，残红犹在

开过的桃花，蜜蜂还在

开过的映山红，牵挂着故人和我

岸

岸啊，穿越一生的风，说不上轻柔

于是从撕裂开始摧毁。思念成疾的夜晚

像飘荡的柳枝一样，浮出白昼

岸的对面是春风。星星没有破碎

美人在侧

大山一样的巍峨，也在侧

春雷

细数春天的罪状，春雷算是最小的一个
此刻我的笔端也有雷声响起
又成为应景的罪名
我是一个怀揣春风赶路的人
我的春天里有永不凋谢的各色花系
我的口袋里有永无出头之日的春雷滚滚

看云

看云时，时常会想到

和石头一样坚硬的信仰。云水一色，天空成为多余

但还是不厌其烦地抬头看云

或者低头看，跌落在大地上的云朵

"多么干净的云朵啊"

还没等我的感慨发出，坐在身旁的你，非常及时地

恰如其分地

给这句话加了一个句号

路边的野花

看看它们也是几分钟的事情
这几分钟里，我还得不断提醒自己
我有非常重要的事情要做
至少，我蹲在路边看花
路过的人们看我
在这个清晨，是一道风景

这风景随着一场雨的到来
变得更加苍老
好几滴雨同时落在同一个花瓣上
好几滴雨同时拍打着我的脸颊
野花不忍说出的疼
我也不忍说出

隐

听见一块石头和溪流的对话

是在一个干净的午后

飞鸟安详地飞着

给予我一个硕大的想象空间：四周空无一人

我在我自己的中心

看石头，在大雨来临之际

如何顺应自己的内心

如何让溪水的声响

臣服于，满世界的斑斓

看茶，或者听茶

暮春时节，适宜和你一起坐下来
看茶壶里的茶叶
起起伏伏。听一种寂静
在距离起伏不远的地方
将我们收留，而后释放

流浪到哪里都是徒劳
或者意义非凡
一枚茶叶的痛苦与快乐
另一枚茶叶替它表达
一种追随的细微与伟大
同样的追随，将其回馈

纸飞机

纸做的飞机，照样飞着

在平静的云朵下面

绕过几个绕指柔

和几个孩子爽朗的笑声

笑声背后是蜜蜂和蝴蝶

以及花团锦簇

纸飞机落在一朵花上

衬托着花的鲜艳夺目

纸飞机也在找寻着回家的路

有一天晚上

它陪伴着一位泪湿衣襟的游子

拉着月亮的手，一起回家

有雨在黄昏落下

有雨在黄昏落下。有人行走天涯
没带雨伞，也没带牵挂

雨中的树似乎又发出了新芽
却渐渐有了
衰老的模样

一群孩子在雨中奔跑，忘了天色将晚
黄昏是一首古诗
却被他们肆意挥霍，直至雨声也忘了回家

月季花开

我在盛开的月季花旁看到了
夜晚那么黑，星星那么亮

走出夜晚的我
闻到了一种清香，从墙内散发到墙外

五月的饱满有如此充足的理由
在月季花的怒放里遥望五月

也有如此充足的理由。只是我的期盼
比夜晚的星星，还要多一个

五月

远山还很遥远，心上人还在身边
麦子与天空互为映照
野鸭子在水草丛生的岸边
自由自在地成长

五月适合叙事。我叙述的每一个情景
都与天空的辽阔有关
而你在辽阔的中央
拥抱着大地

雨水

进入五月，雨水顺势而为
在充足充分充沛的空地里
清算自己。远方的人还在远方
想象着何时能够咫尺为邻

可雨水也会吞噬天涯
留下一地繁华，或者
等不到繁华落尽
天涯也空留一地虚无

那个永远盼望夏天的人
也许很快就会怀抱夏天的鱼，风，晚霞
来和我诉说
夏天的雨水，和你的饱满
竟然一模一样

立夏

在万物蓬勃的气势里静默，或者倾听
于我而言都是一种馈赠：春天孕育的生命
被夏天一一安抚

麦子开始灌浆，燕子开始忙碌
整个季节的神圣都与此
紧密相连

立起来的夏天，质地是坚硬的
也是柔软的
我因此赐予你的葱茏
与麦田有关，与雨水有关

夏天终于来了

自由的风吹来了
芦花也苏醒了。五月的干净
如同你的眼睛
以及我在你眼睛深处看到的宁静

我试图用无数个比喻
来撼动这个有你的夏天
我把诺言轻放
在一个只有你能够抵达的夏天

还好夏天终于来了
还好你并没有走远

花

花是被我写尽的。在五月
花事还未完全跌落
我们幻想的事情
也还没走向未来
可我依然在花的开端和尽头
为每一朵花，行注目礼
我依然在花儿盛开和衰败的午后
拿出纸来，拿出爱来

孤独的形状

我喜欢夜晚的星星和虫鸣

它们各自守候，互为镜像

偶尔有人穿过原野，偶尔有人说出

月亮的秘密。在乡下

神是孤独的

它关照的每一个情景

都有我亲手做的注解

渗出星星的光芒

语言

有时轻有时重，有时长有时短
可都在爱你的边界线里，既厚重又轻盈

用语言传递爱意，其实我们都很明白
语言就是多余，如同泪水

如同被我们忽略的夜晚
也在语言的宽恕里，等待离开

路过蔷薇墙

蔷薇墙是热闹的：攒动的人群
佐证着人们的欢乐
没有人听见一朵蔷薇花开
或者一朵花瓣破碎的声音

事实是，一朵花瓣破碎又何妨
还有那么多花瓣在迎风歌唱
一群人悲伤又何妨
还有那么多人在人群里被遗忘

我远远地看着繁盛的蔷薇墙
在一群人的包围里
一点点，卸下盔甲

石榴花

落在地上的石榴花

比树上的还要美。五月未央

尘世里飞扬的事物

都远离了它

赞美如此言不由衷

雨水也是。我碰着干净的雨水

不忍说出

那是石榴花，为尘世里奔波忙碌的我

捧上的一滴泪水

立夏以后

葡萄架又被加高了一些
天空的澄澈被日渐缤纷的藤蔓
又加持了几分

夏天越来越具体化了
可关于一株植物的传说
能够确定的东西却越来越少

当我拿出内心的热烈
来比照一粒种子的忠贞时
夏天开始趋于抽象和悠远

槐花的香味，只有你闻得到

只有你闻得到就足够了
如同五月的美，你只用了一笔，就立刻完整

把槐花蒸着吃
这滋味也只有你懂。蒸笼中渗出的香，像你的笑容

用槐花来形容爱情
每一个字符，也只有你懂

琴声何来

老家门口的苦楝树

偶尔出现在我的梦里
也是作为陪衬：大多是秋天
以及冬天
金黄的果子一个一个落下来
滚得满地都是

初夏的苦楝树开花了
淡紫色的小花，迎风摇摆
这让我心生几许欢喜
竟然忘记了它的名字里
那个"苦难"的"苦"

因此在夏天欲说乡愁
显得有些不合时宜
老家门口那棵最大的苦楝树
也已日渐苍老。有谁知道
人间究竟有多少个好时节
值得我背井离乡

异乡人

写完故乡的油菜花开了
他感觉自己也像花儿一样
在春天的簇拥中
有了花枝乱颤的味道

天空有时蓝得让人想哭
在异乡
他刻意不去抬头看天
他怕看见了树干上的鸟窝

在虚空的树干上
守着人间，所有的寂寞

小满辞

初夏不宜辞别流年

正如流年经不住初夏的风

这般吹拂。人间的疾苦与草木的茂盛

依旧在爱与恨之间

横亘着。这时的雨水很轻

只要有一滴溅在脸上

苦楝树就会

又长出一枝新芽

也说爱

小满时节，麦子已经饱满
燕子忙个不停。值得称颂的事物越来越多

热爱是个蓄满夏天的动词
每一个逗号，都在沾满阳光的律动中

说出爱，以及为爱做着深度诠释的你

鸢尾花

有你在的野外从未荒芜

如同我将一季的雨水收藏

从不会枯萎

没有你的春天也不是春天

没有抒情的日子，我对所有的寓意和象征

失去了兴趣

即使被我放在花瓶里

即使花期很短很短

我也愿意，把一生的柔软

和蝴蝶的轻舞飞扬

重叠在一起

夏天是一个动词

雨水集结的那一刻
栀子花正在放肆地开放
我依旧把天空和大地
当作迎接你的预设。"天地不仁
以万物为刍狗"
可又有什么关系呢
我在夏天里歌颂光，温暖和生长
我把不合时宜的故事通通遗忘

我将夏天的每一个动词
挂在窗前
雷雨到来的时候，每一个动词
和你一起
欢呼雀跃

栀子花开

经过她时，阳光的浓烈

与她的浓郁对抗着。夏天逐渐深入

我端详着她

选择和她一同站立

我发现她的白

是用尽所有形容词都不及的白

我断定她的白

是所有修辞都抵达不了的白

我只有拿起画笔

对着她的背影

做着笨拙的临摹

我觉得我已经大获全胜

我看见了心中的开放

和栀子花一样浓郁的白

带着晶莹的露珠

乌衣巷

乌衣巷横亘在我的身体里
大多数时候，我也看不见它
邻家妹妹出嫁的那天
乌衣巷来了不少祝贺的人
可我依然看不见它

我看见它最清晰的模样
是被雨打湿的夜晚
青衣不再空虚，渔船不再飘零
出嫁的妹妹
也再也没有回来

五月辞

夏天总是让人欢呼雀跃

何况五月更新了夏天。那天在码头

黄昏像睡着了

所有的郁郁葱葱都在水面上

也在措辞里

将我的五月

虚构得如此真实：一只水鸟

在黄昏的一滴雨里

给予我，一个如你一样宏大的期待

老槐树

老槐树又老了一些

我看着又一层树皮

从它的身上缓缓落下

我内心的忧愁又平添了几分

许多年来，我刻意避开它

我担心它的苍老

又会加重我的颤抖：平时里凡俗的事务

麻木的神经

已渐渐趋于抽象

也是许多年来，它以具体的方式

例如在我深夜失眠时

它会挺着粗壮的躯干，变黄了的叶子

与我，进行着深度交谈

两只小鸟

沿着雨声来到我的窗前

这个午后的寂静

在它们单脚的跳动中

更加沉静。我看着它们

想用"欢快"来形容这一幕

可是它们却在被我盯着的电脑屏幕前

沉默了下来

我想问问它们

是不是来自我的家乡

向我汇报老家的麦收状况

或者来自南方的桃花源

那里的桃子也已丰收

盛夏的绿让它们难以忘怀

专程飞跃几千公里

就想告诉我，这个夏天

没有一种寂寞

可以抵达一个，雨声重叠而又交错的午后

夜晚是放大了的星辰大海

夜晚中的柳树还在吹拂人间

夜晚中的花朵还在吊唁另一朵

被雨吹散了的同伴

没有人向晚意不适

也没有人驱车登古原

雨里释然的事物，在夜晚，又被释然一次

只是我手里紧握的除了时间

还有夜晚

只是我眼里的星辰大海

躲过了一个又一个夜晚

橘猫

橘色的猫，在寓意之外
把我的夜晚点燃

我用橘猫铺设文字
语言跳跃个不停。我按捺不住这个夜晚

这尊橘色的猫。我拒绝的所有匮乏
让夜晚感伤不已
欢喜不已

一滴雨落在了手心

听雨是一件令人着迷的事情

在六月，雨声有多清脆就有多安静

在六月，赶路回家的人们

也会在意

雨滴的轻重缓急

一滴雨是被我看着落下来的

它落在芭蕉叶上

整个午后的寂寞

统统躲开

另一滴拍打着屋檐

相爱着的人们，心里越发安稳

一滴雨落在了我的手心

六月倚靠着它，跟随着它

声势浩大地

进入我的整个世界

芒种

雨水充沛，土地肥沃

当耕种成为紧要之事

等待也就剔除了虚妄之心

六月正酝酿一首情诗。它绵长而柔软

它蔓延得到的地方

是土地与天空的对望

那么多深情的句子

也一并被种下。忙着的人们

从不会辜负，一粒种子的信仰

雨打荷叶中央穿过

雨打荷叶经过的时候

所有的事物都停止影影绰绰

荷叶轻轻摇晃着身子

作为一种只有天空

才能懂得的回应

荷叶也会在此刻说出

自己一生的向往。你看，天空与池塘的距离

又被拉近了几分

我也会在此刻

向尚未老去的天空，致敬

六月已来

"先生，您的来信已经收到，勿念"

五月里疯长的玫瑰

今天又冒出了新的萌芽

雨水还在辽阔的天地间集结

狗尾巴草依旧在风里

逍遥自在

窗外的荷叶似乎又圆了一圈

那些欲言又止的悲伤

都已被隐藏

你看，六月来了

我必须承认

一种磅礴的力量，一种旷世之美

一种触手可及的静好时光

都在迎接你的菩提树上

长满了翅膀

月的独白

终究是一弯新月，说出了夜晚的秘密
以及世界的秘密

"当孤单成为武器，顺从和反抗"
"总会在月色下握手言和"

月色究竟是被赋予了孤单
还是孤单赋予了月色，一世的惊喜？

"我始终坚信，无论抬头或者低头"
"月亮的清亮，清静，清洁，只有你懂"

纸的自白

书写有时候是救星

有时候不是

被风吹起的时候

我看见整个江山，在倾斜的夕阳里

荡漾着一个人的孤单

孤单是一个人的狂欢

沉默也是

群山环绕的河流深处

有大量的文字涌出

这时，我会献出自己

独一无二的身体和灵魂

我会为一个沉稳的江山

载歌载舞

在湖边

在湖边，我把一颗骄傲的心
交给了满足。我看见世界如此之大
像耳旁辽阔的风

湖水承载不了我的安详
鸟鸣也是
我顺着一块石头，追逐一颗星星

落日也给予了富有的我
一个用不旧的密码：明天又有一轮新的太阳
赦免一汪，新鲜的湖水

哦，麦子

镰刀的光芒，足以让我俯首一生
我不忍直视你，跳动在我心口之上时间之外
阻挡所有饥饿与疲惫，黑暗与覆水

月亮

只要有人敢于捧起月亮
悉数自己的罪名
我就把今晚的月色
全部供奉给他

今晚的月色有些凄厉
但与美学无关
像极了你出走时
野草低头沉默不语的场景

可是我还是愿意把月亮
当作一弯清亮的希望
在树梢之上
我等待着一场，隆重的觐见

小巷

爱上你是有缘由的：细雨绵绵

尽头成为预设。时间一点点倒退

直到退到了我的篱笆墙边

一只小狗，晃动着尾巴，不停地走

小小的巷口，也装下了整个太阳

一世的光芒。碎石斑驳陆离，醉倒在回家的路上

夏至

夏天的热烈，用一场又一场大雨

是否可以？月季花还在开着

那种"无日不春风"的气势

和你风中飘起的裙裾

占据着我的半壁江山

紧接着就是整个江山都被翻晒

紧接着又一场酣畅淋漓的大雨

如期而至

当我和你说着生命的贵重与奢侈

你就把你的夏天

一股脑儿地，和我一起挥霍

清晨，向银杏树问安

我想象的绿，我心中的绿，我能触摸到的绿

都被你——安抚

哦，夏至已至

我向你靠拢，向你问安，向你致敬的次数

越来越多

六月有寄

荷花准时绽放，用灿烂的姿态
雨水准时到来，用绵绵的情绪

和我的六月深度契合的
还有一首打开的诗，迎着一粒热烈的蝉鸣

于你抒情的词语和句子
每一个，依旧可以随时拧出水来，也可以随时撞击出星星

南瓜花

暮色将近之时，你披一身苍茫
吐露出一生的芬芳

一生太过漫长。远处有更疲惫的大山
远处有数不尽的星星和数不尽的真理

在开放中细数命运的恩宠
黄昏犹如一朵更大的花，挽留着天涯

野蔷薇

野蔷薇还在野蛮生长。身上的狗尾巴草
也一样忘了
风吹篱笆的方向
北面的稻子已经开始发黄

须是等到一种叙事成为序曲
野蔷薇才想到聆听我
关于生命顽强的颂词
只是开头有些漫长，月色有些惆怅

只是用尽开放
才明白其实只有一种力量
让野蔷薇忘记忧伤
只是黄昏，多么像一个浅薄的预言

在山中

在山中，越接近黄昏

越能感受到生命的美好：那些相爱的事物

越发肃静起来

在山中读一封写给你的长信

把黄昏一点点拉长

信中的好几行字

透明得渗出水来。山是宽厚的

我甚至不敢起身站立

我怕惊扰了你，为黄昏中的大山，许下的那个誓言

花瓶

簇拥着鲜花的生活
被一只花瓶，误当作生活本身
即使花期很短

鲜花凋败的那一刻
花瓶也未曾悲喜。路过的人们
叹息过花的美好

对一只花瓶而言，我们奢于赞赏
那些贫乏的心灵
是否配得上一朵花与一只花瓶，或长或短的相拥

铁轨

数到第十八根的时候

雾气升腾起来了

晚钟敲响了

我在一列火车即将到来的意象里

触碰到了自己

最硬的那根骨头

七月

悬浮的列车一闪而过

将一朵盛开的花直接忽略为风

或者尘土

好在风还是轻的，尘土瞬间从阳光里

抽出一个宏大的故事

好在还有文字，从疼痛里升腾出火焰

照亮着我未曾触及到的

那些未知的事物

他们如此温暖可亲

它们像极了我虚构的爱

既轻薄又厚重

它们将我的七月，无节制地书写成

一幅深色的图画

一只蝴蝶

为一种奔涌而出的飞翔
做着自己的注解，一只蝴蝶
在我仰望星辰的时候
又诠释了夜的美丽

为了表达一种忧伤
一只蝴蝶从未停止飞翔
它掠过的荒凉
像风一样隆隆作响

石头颂

集雨水与阳光于一身
一块石头的热烈
在一连串的动词里，跳个不停

当她明白了生死之事
偷偷在石头旁边哭了一场
一滴滴泪水，也被石头藏匿

夏天最适宜抒情。或厚或薄
石头藏匿的雨水和阳光
她都想给你

向日葵

对着太阳微笑，向人间致敬
那么多的热烈，你一一回应

人间的孤独太多了
人们来不及书写，就看见了太阳，或者你

悬置在天空一角也会歌颂天空
空荡在土地一隅也会致敬土地

七月上

被夏季渲染过的事物

都是七月的主人。不远处的山峰

似乎也在召唤我们

快些将它们带回家来

哦，七月漫过我们的家园

爱紧随其后

我敲过所有事物的门

只有你懂得我敲门时的份量
只有你，将我手指的长短厚重
看得清清楚楚

好在一首诗并没有衰老
好在我还紧紧攥着你
无比热爱的事物

在夏季最为喧腾的一场雨里
我骄傲着
我敲过所有事物的门

我们和自己的影子分离

分离太过惯常

连泪水落在手心

都已不足为奇。那年我们

在自己的影子里大笑

笑得花枝乱颤，地动山摇

那年我们从影子里走出

一朵花瓣开始凋落

一座山雕开始动摇

今天，影子也已显瘦

我想起你不再温婉的脸庞

我捧着一颗心，说不出关于疼痛的

半个音节

风把雕花小窗又镂空一次

只有如此轻盈的风

才配得上我的雕花小窗

是的，我的雕花小窗，我的故事的

开端和结尾

明月高悬的时候

我会怀念一场青春

和流水般的爱情

紧紧缠绕着小窗

最为华丽的部分。我会迎风流泪

会唱出一首歌燃烧起的火焰

如此义无反顾地，绕过的夏天

绣球花

被赋予了多重含义以后
依旧默默无语。绣球花给我的惊喜
的确与沉默有关
通常是在某个午后
我坐在天边一隅，想象就被依附
在你浅色的笑容里
我捕捉不到的美好
没有太过着急
你用开放劝解我：此刻山河烂漫
而我们正身居其中

成山头

你在日神所居之地
迎接秦始皇两次驾临
汉武帝的"赤雁歌"
仍在拜日台和日主祠里
久久回响

你在天之尽头
迎接中国海上的第一缕曙光
你在太阳启升的地方
书写海洋生态系统的丰富多样

你在三面环海的拥抱下
开启"好运角"的种种传奇
你在群峰苍翠的连绵中
倾听大风大浪的激荡
你在峭壁蔚然的壮阔里
俯瞰历史与现实的碰撞所激起的
气势恢宏的万千气象

你用十六米高的灯塔
指引着无数船只，回家的方向

一战华工纪念馆

当一战的硝烟在欧洲弥漫
中国的封建王朝刚刚结束
在命运的十字路口
北洋政府以工代兵
十四万华工从威海卫出发
他们忍辱负重，远渡重洋
义无反顾地踏上了异国他乡

"华工是世界一流工人，也是出色士兵的材料"
他们运输物资，疏通道路，修理武器，清理现场
支援炮火中的欧洲
用血肉之躯，前赴后继
为中国赢得了战胜国的地位
书写了一段悲壮的历史传奇

"我愿意当这个急先锋，九死而不悔，虽千万人吾往矣"
"不避枪林弹雨，何畏电火飞艇"
他们是普通农民

大多来自中国的齐鲁大地

他们是小人物

他们书写了大历史

"一战的胜利，是庶民的胜利，是劳工主义的胜利"

没有人生而无畏

十四万华工，不该被忘记

牧羊人

羊鞭扬起来的那一刻

世界也跟着翩翩起舞。草地无限辽阔

一只羊如此自由

日子也是自由的。蓝天像流水般

在头顶缓缓流淌

闭上眼睛，天空还是蓝的

但最为骄傲的赶着羊群回家

连同夕阳的余晖

一同被收揽在眼底

大暑

银杏叶更绿了一些
它们窃窃私语的频率也多了一些
这时适合抒情，适合把内心的火把
举过头顶

夏天托付的寓言
暑气都可以完成。雨水充沛，土地肥沃
许多排比的句子
越过了我们的誓言

我们才是夏天的宠儿
我们无法停止抒情

路

在中原大地，我有足够的勇气

对着笔直的弯曲的宽阔的狭窄的道路

流下一行热泪。大暑已过

在一条熟悉的路边

玉米正冒出天花

那种美好

我只能将心脏和土地熨帖在一起

才能精准表述

芝麻开花

在中原大地上抒情

我把第一个感叹词

毫无保留地献给，正在开花的芝麻

它在风中摇摆的姿势

和我欲说还休的乡愁

深度契合

而风，成为一个多余的缀词

悬置在花朵中央

新湡阳桥

你的身份是白河景观桥
你在夜晚散发的光芒
只有我懂

你虽年轻
我却乐于和你说说岁月
赐予我的每一个苍老

"故乡的油菜花开了"
我手里紧紧攥着的一个诗句
只有你懂

月满之时

还是有多大的诱惑

让整个夜晚为之一振。恋人未满

也值得欢呼雀跃

动词都要溢出水来

月亮成为一种象征：天上人间

美好的事物都已聚集

当圆满为残缺做着注解

我只想对你说

月亮想到的高度，只有你能够到达

雨夜

将一首诗放置进去
雨更大了，夜更深了，关于世界的秘密
更隐蔽了。这个夜晚
那些悬浮的事物
被我一再陈述，直到雨更大一些

直到你听见一滴泪的滚落
直到我们被夜晚说服

"雨是泪的隐喻"
阿尔都塞读黑格尔的方式
只有你懂

立秋

蝉鸣声渐渐减弱，云朵渐渐高远

秋天打开的世界

与我的期待越来越近

更近的是渐渐成熟的庄稼

那么多个饱满的虚词

充斥着春天的呐喊

立起来的秋天才是真正的秋天

为此我篡改了昨晚的那场雨

为此我把家门前的那块土地，修整了又修整

紫薇花

将我的凝望，当作你在酷暑中
忘情绽放的一个理由
哦，紫薇花，这细碎的美丽
这足以与所有虚无抗衡的摇摆

秋天快要来了
可我一点都不担心你
将要何去何从
命运自有定数，你我自有来路

我见证了你的美丽
你见证了我的喜爱
我们互不亏欠
我们，不负人间

立秋辞

除了落在地上的那片落叶
还有风的些许尖锐
是的，夏天里热烈的事物
无须等秋天来——过滤

是的，等待也无须过于漫长
我们最不擅长告别
却总是肆无忌惮
拿黑夜当作，袭击自己的理由

就让秋天成为新的出口
让词语获得新生

主人与燕子

最小的燕子也已飞走

老去了的主人

时常会对着空荡荡的燕巢发呆

偶尔会有一两只燕子飞回来

看着忙碌不停的主人

沉默不语

夏日足够悠长

燕子又要飞走了

它嘴里衔着的时光，剔除了主人的苍老

七夕帖

院子里的栀子花还在开着

每一朵都蓄满爱意

我坐在院子中央看云

每一朵，都蓄满爱意

日子和流水相比

似乎更加安静一些

被爱打量的日子

像前生前世，对今生今世的宽恕

蓝雪花

从春开到秋，蓝雪花包揽了我
对于蓝色的所有叙事与抒情

阳光越灿烂的地方开得越充裕
人群越安静的地方开得越灿烂

"像雪花一样纯净"
一个比喻，荡漾着我的一生

野花赋

春天里不被人看见的野花

到了秋天

依旧不被人看见

只是在秋天

野花把天空的悠远

横亘心中

只是在秋天

大把大把的野花

将体内的灿烂奉献

只是在秋天

我写下一首诗的韵律

野花完全听得见

初秋

秋天来了。没有一种修辞
可以替代我的期待
远山依旧沉默
那些变黄了的树木
在秋风里积攒力量

秋天来了
蝉鸣空洞了许多
一只苍老的蝉
与一只退了外壳的昆虫对视
树下，一位老人摇着蒲扇
打一片树叶身旁
轻轻走过

芦花赋

处暑时节，芦花开始荡漾
秋天的柔软四处都是

河堤上，每每有傍晚归家的牛羊经过
芦花就会摇摆一次

芦花每每摇摆一次
天黑的速度，就会又慢一点

处暑

暑气渐渐退去

夏天的故事还在继续

短暂与长久的对峙还在继续

我喜欢夏天所有的样子

我喜欢秋天所有的样子

我喜欢结束与开始，站立在风中的样子

无须重构，无须后缀

我把有你的夏天

继续告白给秋天

黄昏下的梧桐树

最先在秋天伤感的

一定是梧桐树。它的眼泪

被黄昏挂在

婆娑的树影里

影子太深了

当我用颤抖的双手

和颤抖的心

试图去抚慰它

以及自己

黄昏又打开了一些

这时，梧桐树轻轻摇摆

三片叶子缓缓落下

给不断下垂的黄昏

又增添了一个，负重的动词

秋日的芦苇荡

秋风一吹，芦苇荡里的动词

纷纷跌落下来

好在没有人看见

那些被我细数了无数次的柔软

那些被我遗忘了许多年的伤感

那些被我藏着的暴露出来的悲观

在芦苇荡的怀抱里

凝聚成一个新的动词

摇晃着秋天和我

万籁寂静处

黑夜到达不了的地方

语言可以到达

语言到达不了的地方

爱情可以到达

一群人的喧嚣

终究是一群人寂寞的反射

在最清冷的月亮深处

你会看到最清晰的背影

你会怀抱一世的孤单

对着月亮

说出一个人的名字

响彻夜空

时光深处

像雪落在地上一样
一个人撑起一个世界的时候
寂静就泛起了亮光

那年我坐在海边
海浪时大时小
我静静地听见一滴海水

吞噬海岸的声音
偶尔，一只鸟儿
快速从我的体内飞过

将我一生飘摇的雪
和幽深大海
统统归还于我

空山

一场雨拯救了一座空山

这样想着的时候

另一场雨，落在了另一座山里

值得书写的文字太多了

对于空山而言

空就是本质。偶尔有人来到这里

携带着他一生的悲伤

离去时

只带走自己，过于单薄的背影

江西诗派辞

"此中有真意，欲辨已忘言"

点铁成金

脱胎换骨

在书斋里吟咏

在句法里推敲

师承前人之意

扬美学之风。声同气应

熠熠生辉

终成宋代文化的靓丽名片

中国文学史上第一个

有正式名称的诗人派别

"桃李春风一杯酒，江湖夜雨十年灯"

求严密谋篇法度

究格律声韵

崇杜甫、黄庭坚之笔法

成独特一家之言

在无锡，与苏东坡相遇

"独携天上小团月，来试人间第二泉"
江南明媚的春光里
无锡惠山之巅的景色
分外干净。山中松涛阵阵
二泉水盈盈如注
龙团茶甘甜清亮

蜀山边，"东坡洗砚池""东坡买田处"
清晰可见。微微疏雨中
"东坡草堂"屹立眼前
海棠树依旧默默无言
诉说着"东坡书院"昔日的璀璨

"在地为河岳，在天为星辰"
在苏东坡钟情的无锡宜兴
山山水水与星辰大海
皆为尤物。船入荆溪
意思豁然

"买田阳羡吾将老，从初只为溪山好"

苏东坡在美丽如初的阳羡

开堂讲学

买田置业

写诗题词

在这个苏东坡的第二故乡

自然是值得热爱的

人生是值得思考的

文化是值得传承的

在无锡，每一个中国人

都会在不同的境遇里

与中国传统士大夫的杰出代表苏东坡先生

相遇，相知

银杏树

银杏树进入我眼里是在秋天

确切地说是银杏叶

在阳光的照射下

它们一片一片，飘摇在空旷的路上

我看着它们

由青变黄的部分

瞬间有了焦灼之感，疼痛之感

九月

在群山之巅，雁群之外
时光越来越接近一首诗
赋予我的境地

秋天被九月推崇
春天里虚幻的背影
一点一点单薄

桥头上，黄昏里
篱笆墙被收留被隐匿

白露辞

一说到月色的清亮

那个孤独的小木屋

瞬间温暖了起来

"露水不是眼泪，而是山河"

你只要微笑

山河就越发稳固

桂花的香味

是昨晚突然袭来的

你只要写下香味的第一句

我就无比坚决地

从月亮里走出

雁南飞

暮色下的雁群

在秋天的苍茫和辽阔里

无比生动。它们飞往的地方

秋天也能到达

玉米地花生地红薯地

又开始空旷起来。雁群经过的时候

风吹拂空地的声音

又轻柔了许多

雁群之外，雁群之间

人间的悲喜仍在交集

静水深流之处

有大雁遗落的背影，打我的手掌中心穿过

白露

连鸟鸣也有露水的味道

这个时节，我愿意为秋天的美好

敬上一个个献词

那些变黄了的树叶

那些欲言又止的悲伤

那些穿透人间炎凉的平静

一个又一个

献词一般

从我的体内，缓缓经过

雨夜

带着秋天的风声，一场雨
契合着一个季节的温度和亮度

相爱的人们还在爱着
玫瑰上的露珠，将秋天推向深入

玫瑰无罪。夜晚无罪
万家灯火，正说服着这场雨

把树影缩短，再缩短

落叶

像一个小小的隐喻

将秋天的馈赠紧紧拥抱

即使孤身一人

也有迎接千军万马的勇气

一枚落叶并非孤芳自赏

人间的冷暖

早已见怪不怪

沉寂是另一种辉煌

于是壮美的依旧是秋天

于是继续为秋天

献上一枚落叶

飘过屋顶的声音

谁在瞬间，将月亮的孤独看穿

很远的月亮

把眼前的梧桐树

照得一无是处。很远的人们

遗忘着月亮的脸庞

草地上

有人在讨论苏轼眼里的清风

到底有没有月亮的弯曲

来得深情

夜深了。草地上的人们

还没有散去

蛐蛐儿开始歌唱

一个音符直冲天穹

中秋辞

请你不要试图去揣测

月亮的忧伤。在月圆之夜

各种花还在开着

各种交集的悲喜

还在月亮的正面

翻滚着。月圆花好

这是多么硕大的比喻

指引着离家的人们

走了一程又一程

遗忘了一程

又一程

秋日

像一个亟待恋爱的少女
秋日的风，阳光，耳语
都是温热的
你不要试图走近它们

它们不需要人们亲近
尤其是被用来爱着的词语
玻璃门框晃动的午后
爱情的温度刚刚好

不要在秋天说爱

桃花睡着了，海棠睡着了
醒着的人们
在深度遗忘的田埂上做梦

梦正被宠爱着
鸟的翅膀
也曾有焦灼之感

秋天适宜静坐
把天上的云朵，一点一点
望眼欲穿

油纸伞

在月亮中穿行了多年
一把油纸伞
把光明和爱情带回白天

可还是有那么多
瞬间而逝的雨水
掺杂着夺眶而出的泪水

可还是有那么多人
盼着一种圆满
漫过苦难的人间

秋分辞

秋色被平分的一刻

梧桐树叶子又飘下几片

于是在秋天里抒怀

生命的起起伏伏便有了具象

有了具象的生命让我平静

它们有时沉默，有时诉说

有时也把我的秋天

拉进一个，被我预设的童话里

秋天适宜孕育童话

童话适宜迎合秋天

我看着梧桐树叶子的掌纹里

一半是嫩绿，一半是橘黄

栾树开花了

栾树开花了。失散多年的人们
是否已找到回家的路
老人们忌讳讨论秋天
如同溪水对日夜怀抱着的石头
不说一个爱字

栾树开花了
许多故事的开头
渐渐有了结尾
许多疼痛
渐渐遗忘了深秋，天空和南飞的雁群

栾树开花了。去年种下的兰花
也开出了
最美的一朵

美好

清晨六点醒来

看太阳一点点漫过天际

蝴蝶绕着昨夜刚刚开放的玉兰花

飞过三圈

落在阳光最安静的地方

看我把这个清晨

如何从一首诗里移出来

而后又放置回去

荒地

秋天的荒地心怀馈赠之心

为一种空，蓄满爱意

春天里没有发芽的种子

此时也有了，出走半生的勇气

秋分以后

气象学意义上的秋天

和心怀希望的人们心中的秋天

在秋风中缓缓契合

像经年的车轮，碾过夕阳的背影

时光总是慢的

天空俯瞰万物

心爱的人还在远方

像迎接一场盛大的暴雨一样

像慰藉一个受伤的孩子一样

秋分以后，陆续有人，在风中

喊出了心中的圣洁和信仰

桂花未开

像一个献词，却不够生动

桂花树的孤单

赤裸裸地

挂在月亮上面

月亮沉默不语

看着未开的花

想不出一句可以用来

托付的词语

像世人急于隐藏的孤单

未开的桂花

站在九月中间

孑然一身

彼岸花

与芦苇、野草一起

把黄昏里的秋天，深度渲染

像我昨夜写下的句子

在微风里，不停摇摆

彼岸花有多个好听的名字

每一个都是秋天的注解

每一个

都在暮色的怀抱里

遗忘着秋天

以及我年少轻狂时

越过的山峰

天色向晚

像一个一看就明白的寓言
大雁南飞，芦花飘零

中年以后，秋天越发变得敏感
越发来得更早

对着傍晚许下一个愿望
秋天就回到怀抱里

无比柔软
无比安静

秋风辞

像经年用旧的比喻，一缕秋风

吹掉一片树叶

就算是为时间

做了祭奠

总是不经意去拥抱秋天

这一定和秋风有关

秋风缓慢而轻柔

像爱人脸上滑落的泪滴

北方有的地方已开始飘雪

那里的秋风

是不是从这里吹过去

那里的人们，是不是也在怀念一枚落叶

掉在地上的美学

落日与晚风

像一个人的仁爱之心

起了重要作用

落日与晚风一并

把人间深深隐藏。人间已进入十月

许多诗句还是新的

许多期望还是新的

许多隐喻还是新的

当月光落在手心

秋天的诗意只有你懂：月光也是暖的

十月的天空只有你懂：辽阔也是我的

手心里的十月

从诗句里跃出来，一点一点

为明天积攒了无数个

仰望星空的理由

等一场雨

秋风吹得再轻一些

我就等一场雨，不疾不徐

迎风而来

一场雨就是一个悲壮的预言

其中的每一个字符

都与秋天的繁芜有关

其中的每一个人

和怀抱一样的秋意

将一场雨，喧嚣为爱人眼里的清澈

浮生

"浮生若水"。水的清澈与荡漾
激励了谁的一生

一生太过漫长了
那些为黑夜诞生的词语
已不必再用

太阳像一滴水。清晨醒来
我依然会在干净的纸上
写下一行整齐的文字

像一行盈盈热泪
反射着太阳的光芒

寒露辞

寒冷突如其来

将人间的秋意，抒发得铺天盖地

一只鸟儿在枝丫上

尽情歌唱

似乎忘了夜幕将要降临

羊群回家的脚步也是迟缓的

偶尔有一只停下来

回望一下远方的山坡

眼里装满期待

我喜欢这样的情景：即使在寒意里

也会有暖意升腾而起

在牧羊人的屋顶上方

十月

终于可以在打开的秋天里

还原一首诗，最想要的开头和结尾了

不愿往后退一步，也不愿前进一步

即使晚风，也蓄满盈盈秋水

奢于一种表达，也惧于一种愿望：时光的缝隙

在十月放过了所有词汇